整数 26

〔斯洛文尼亚〕科索维尔　　　　　　　　　　著
袁帆　　　　　　　　　　　　　　　　　　　译

人民文学出版社

图书在版编目(CIP)数据

整数 26/(斯洛文)科索维尔著;袁帆译.
—北京:人民文学出版社,2017
(巴别塔诗典)
ISBN 978-7-02-012770-2

Ⅰ.①整… Ⅱ.①科… ②袁… Ⅲ.①诗集-斯洛文尼亚-现代 Ⅳ.①I555.425

中国版本图书馆 CIP 数据核字(2017)第 101198 号

责任编辑　朱卫净　何家炜
装帧设计　高静芳

出版发行　人民文学出版社
社　　址　北京市朝内大街 166 号
邮政编码　100705
网　　址　http://www.rw-cn.com
印　　刷　山东临沂新华印刷物流集团
经　　销　全国新华书店等

字　　数　90 千字
开　　本　889×1194 毫米　1/32
印　　张　8.25
插　　页　5
版　　次　2017 年 8 月北京第 1 版
印　　次　2017 年 8 月第 1 次印刷

书　　号　978-7-02-012770-2
定　　价　46.00 元

如有印装质量问题,请与本社图书销售中心调换。电话:010-65233595

目录

译序 _1

韵 _1
秋天静谧 _2
构成：猫 _4
精神的撤离 _6
构成：ABC _8
像妓女一样的文化 _10
在投降之前 _12
神秘的理论之光 _13
海军上将 _14
打开博物馆 _16
太阳在嘲笑 _17
在金字塔上 _18
1 _19
致医者 _21
构成5 _22
我的黑色墨水瓶 _23

整数 _24

疯人院之上 _25

没有灵魂的东西 _27

国王达达的笑声 _28

酒中的心 _29

花花公子 _31

球形镜 _33

X号诗 _34

构成 _36

构成：XY _38

克拉的斯盖马戏团 _40

1号诗 _42

构成：Z _43

黄昏的对话 _45

构成：4 _47

构成：X _49

外国与我们 _50

纪念日 _51

灰色 _53

流着血的源头 _55

拉的什大人 _57

烦恼什么 _59

哎，嘿 _62

白床国王黑柏尼安德拉·郝普之辱 _64

我抗议 _67

哎，嘿 _69

接近午夜 _70

构成。构成。构成。 _71

狂乱 _72

卑鄙的角色 _73

16号侦探 _74

先生 _77

警察 _79

在伤心的酒馆 _81

在车站 _82

失望 _84

长发的浪漫 _89

城市上的题词 _90

沮丧 _92

构成 _94

构成：新时代 _95

我们用劳动来建设 _96

失望 _98

我号召你们 _100

卢布尔雅那在沉睡 _101

鲱鱼 _103

构成伊卡洛斯 _104

血统 _105

被击穿的心 _106

黑墙 _107

我们的眼 _108

人前镜 _109

镜前人 _109

被标记的 _110

被遗弃的 _111

死眼 _112

就像人们 _113

荣归主颂 _116

欧洲死了 _118

无心人 _119

破坏 _121

在街上 _123

小号外套 _125

我的窗户是黑的 _126

伤心的人,他在等待 _127

窗上的花 _128

来自阁楼的映像 _129

印象 _130

在风中摇摆 _131

角落里的瓶子 _133

诗 _134

否定者 _135

构成 _137

构成：MAS _138

构成：MAS _139

构成：N _141

你的声音如此温柔 _142

明亮的钢琴和弦 _144

构成 _145

构成3 _146

我遇到了她 _148

构成 _150

樱桃树沙沙作响 _151

我的远大希望 _152

全世界就像 _153

苦涩地真实而无一丝安慰 _155

该死，有人会说 _156

节日 _158

死人　_160

神秘极点　_162

红色火箭　_164

长路漫漫　_166

歌唱的弧光灯　_167

黑色的气流　_168

三时　_169

在黑暗中怎么了!　_170

咖啡屋　_171

窗边的脸　_172

囚徒　_173

被打磨的韵　_177

并不是春风　_178

金色的窗户　_179

朦胧庙宇前的祈祷者　_183

苦修钟　_185

面具的泪　_186

现代的萎靡　_187

街灯　_189

呼叫　_191

疲惫的　_193

来自监狱的声音　_195

我们的心疲于生活　_197

老人　_198

离开房间　_200

得意的年轻人在夜里唱着歌　_201

和特鲁巴勒的对话　_202

来自混沌的诗歌　_203

秋天　_204

银色月光中　_207

在绿色的印度　_209

忧郁　_210

小调中的半音程　_211

万花筒　_212

致命的毒药　_214

快乐的人，活泼的人，相对的人　_216

镜前的自杀　_218

素描　_220

神圣的和平　_222

强烈的，醉人的　_224

经过白色的门　_225

因为年老　_227

蓝色的马　_228

虚无忧伤　_229

死人　_230

秋天的风景　_231

哦教条主义者　_233

敞开的　_234

哦苦涩的疲惫　_235

死亡　_237

伤心的时间　_239

坠落吧！　_240

译　序

科索维尔（Srečko Kosovel，1904—1926）是斯洛文尼亚历史上的天才诗人，他的诗集《整数26》（Integrali'26）收入了诗人大量的现代主义诗歌，融合诸多先锋流派，奠定了科索维尔先锋派诗人的地位。

1904年科索维尔出生于克拉斯（Kras）地区的一个小镇上，邻近的里雅斯特，隶属奥匈帝国统治地区。在克拉斯地区被意大利吞并前，科索维尔沉浸在斯洛文尼亚的文化氛围内，的里雅斯特拥有斯洛文尼亚剧院和文化中心，因而他能够很早就熟知斯洛文尼亚文化和语言并展现出一定的才华。十一岁时他的诗就在儿童杂志上出版，诗歌描绘了的里雅斯特的美好。人们曾经将他比作兰波，二者共同点之一就是早年经历战争、目睹过人类的悲惨境遇。在他的青少年时代，第一次世界大战爆发，由于他的家乡靠近战场，战争对他产生了创伤性的影响。1916年，科索维尔和他的姐姐移居今斯洛文尼亚首都——卢布尔雅那求学，直到他去世之前一直居住在那里，也是在那里他开始了真正的诗歌创作。当时他的诗歌大多警示着欧洲文化的腐朽和毁灭，抑或是钟情于家乡克拉斯的美好风光，多以印象派或者表现派的风格进入人们的视野。但随着他将更多笔触涉及斯洛文尼亚人民的苦难，更多地痛斥意大利的统治，他作为"一战"中民族斗士的一面开始鲜明起来。

1922年，科索维尔进入卢布尔雅那大学，并创办了一个年轻团体的文学杂志《漂亮维达》。此前他的家乡被意大利法西斯政权控制，加之南斯拉夫王国在意大利法西斯压迫下的不作为，刺激了科索维尔转向激进的政治和艺术观点。1923年秋，他创办了"伊万·参卡尔（Ivan Cankar）"社团，就种种社会和政治问题展开讨论，发表公报等。1924—1925年，随着科索维尔越来越多地接触到意大利未来主义、德国表现主义、泽尼塔主义、柏林构成主义和俄国构成主义，他的诗歌走向了实验的阶段。1925年科索维尔编辑了一本名为"青春"（*Mladina*）的杂志，并且对这份期刊抱有很大期望，试图打造一个国家的左翼宣传阵地，并吸引斯洛文尼亚和南斯拉夫的现代主义者和先锋派艺术家。不仅如此，1925年还是他转向构成主义（constructivism）的一年，他正准备与构成主义艺术家奥古斯特·彻里尼高伊（Avgust Černijoj）合作，创建一个新的现代主义杂志并提议命名为*KONS*。"Kons"

是斯洛文尼亚语中构成主义（konstruktivizem）的缩略语。也是在这一年，科索维尔开始写作他著名的构成主义诗歌，并将它们简称为"konsi"，有"kons"的复数之义。与此同时他还计划出版自己早年的诗集，并冠之以"金色的船"，想以此来完结早期的诗歌风格，但最终由于出版方和朋友的否定而作罢。1925年不仅是他文学思想转向构成主义的一年，也是他政治思想开始左倾的一年，他将自己视为无产阶级作家，为此他曾设想成立无产阶级作家联合会和出版社，以期他的构成主义诗歌可以由此得到出版。然而事与愿违，1926年因归乡染疾并且加重，科索维尔死于脑膜炎，年仅二十二岁。1925—1926年，科索维尔的政治观点转向左翼，诗作也转向了大胆、奇特的实验风格，在语言上采用了多种创新：放弃语法和逻辑，充满想象，编排自由，采用数学符号和独白、意识流等。《整数26》中的《构成5》[①]一诗是他先锋性的代表作。由于英年早逝，他的构成主义诗歌在他身后四十一年即1967年才得以面世，这本诗集就是《整数26》，这时人们才关注到科索维尔诗作的先锋性，他也开始对当

[①] Srečko Kosovel. Integrali'26. Cankarjeva založba. 2003. 129；后文注释略为 *Integrali'26*，见本诗集第22页。

代诗人产生影响。

科索维尔十分坚持构成主义艺术思想，而构成主义指的是俄国构成主义，即1919年兴起于俄国的艺术潮流。俄国构成主义对二十世纪的现代艺术运动有很大影响，主要涉及建筑、工业设计、电影艺术等领域，是俄国未来主义在"一战"以后的发展结果，其主要先驱者将构成主义定义为物体质感（faktura）及其空间存在(tektonika)的融合。构成主义十分强调空间性和立体性，这一点明显地体现在了《整数26》的诗歌中，但是科索维尔作为先锋代表，并没有局限于一种现代主义潮流，而是在诸多现代主义潮流中，博采众长，应用多种现代主义手法，来实现自己最终的构成主义诗歌理想。

基于诗歌翻译和分析的体验，译者能感受到科索维尔意图通过"蒙太奇"和形式创新等现代主义手法，来打造具有空间感及和谐感的诗歌意境。蒙太奇作为电影艺术用语，在《整数26》中却能被用来贴切地表达科索维尔在描写情景时的跳跃式转变。诗人在《海军上将》[1]、《构成：ABC》[2]和《没有灵魂的东

---

[1] Integrali'26, p.123；见本诗集第14页。
[2] Integrali'26, p.119；见本诗集第8页。

西》①等诗中都采用了这种的手法。

　　作为科索维尔的先锋实验之作,《整数26》里面的诗歌中有许多他创作发挥的地方,大量的拟声词被运用其中,而且有些仅是他自创的拟声词。《在金字塔上》②描写"电动机/嗡嗡作响,嗡嗡,嗡嗡/在我的牙齿边",把机械的聒噪和人的痛苦与烦躁联系起来;《我的黑色墨水瓶》③以"哒,哒,哒。/啊啊啊/啊啊啊"结尾,试图模仿"感伤的猫"和"金色的小提琴",在笔尖迷茫游走的时候,在如雾、失聪的国家里,一同发出尖锐的声音;还有"嘿,嘿"声模仿木马上国王的笑声,和那"乒"的一声终结《没有灵魂的东西》④。这或许只是简单的噪声,抑或许诗人以此来暗示滑稽国王的落马。重复的拟声词也有着极强的讽刺和烘托效果,不仅强化了上文中说明的或烦躁或迷茫的情绪,有时还能达到反衬的作用,《球形镜》⑤一诗中有"秋天来到古董收藏家身边。/他们的商店满是古董。/叮,叮。/在铁楔上上吊。"商店门口的铃声本来是充满生命力的,然而接下来一句与

---

①④　Integrali'26, p.136；见本诗集第 27 页。
②　　Integrali'26, p.126；见本诗集第 18 页。
③　　Integrali'26, p.133；见本诗集第 23 页。
⑤　　Integrali'26, p.142；见本诗集第 33 页。

之形成巨大的反差，反衬出现实的阴暗和残忍。更有《X号诗》①中的诗句"哦我年轻的时光，/ 如照在阁楼上的安谧的阳光。/ 在屋顶周围感受到酸橙的香味。/ 呲，呲，呲，呲 / 死了 / 人 / 人 / 人。"这其中的拟声词则是科索维尔随意创造的声音。混乱、聒噪的声音，一反前几句的静谧氛围，直接把情境带入下一句恐怖的现实。在《拉的什大人》②中，诗人表达"我想要一个人 / 逃离到田地 / 和雪中 / 到白色的安静的心中 / 沉睡，沉睡。"本是恬静安宁的画面，可下一句诗人说道："死。/ 红烟囱唱歌，突，突。/ 噜，噜，噜。/ 不安宁"其中最后的拟声可以看作是红烟囱的噪音，在"死"的带领下营造了充满死气的氛围，"不安静"的噪声扰乱了所有，或者是死亡的存在威胁了所有。这里的拟声作用，和在诗句中拟声词的大写和突出，增强了画面感，将其与前文所反衬出的感情和情绪扩大化，在这里就是一种安宁感被打破、和平被混乱威胁的恐慌、无奈。拟声词在部分《整数26》的诗歌中发挥了画龙点睛的作用，有的甚至转变了诗歌意境，原因之一是诗人充分发挥想象力，试

---

① Integrali'26, p.144；见本诗集第34页。
② Integrali'26, p.159；见本诗集第57页。

图还原真实的声音，或者他脑海中回响的声音，如"呲，呲，呲，呲"的声音就是诗人想象出来的死亡、痛苦的声音。

为了进一步表达出更多的诗歌内涵，诗人还大胆地创造出新词来增强表现力。《整数26》有《血统》[①]一诗："奴隶。/奴隶　仆从。/奴隶　小仆从　仆从。/奴隶　小奴隶　小仆从　卑贱者。/奴隶二世。/奴隶　小卑贱者三世。/小仆从四世。/雅内兹卑贱，胆怯，虚张。"在斯洛文尼亚语中，"suženj"是"奴隶"的意思，"hlapec"则意为"仆从"，科索维尔运用"evič"即表示"小"的含义的后缀，创造"sužnjevič"和"hlapčevič"分别来表示"小奴隶"和"小仆从"之义；同样地，"ponižni"意思是"卑贱者"，诗人则以"ponižnjevič"来表达"小卑贱者"的涵义。由此我们能清晰地看出诗人的良苦用心，通过一代代奴隶、仆从和卑贱者的世系血统，诗人试图传达出一日为奴就永世为奴的意味，将"卑贱，胆怯，虚张"的苟且之人贬为永世不得翻身的奴隶、仆从和卑贱者。最后一句中的"雅内兹"是斯洛文尼亚常见的男性名字，因而诗人以此来泛指

---

① Integrali'26, p.194；见本诗集第105页。

卑贱可怜的盲众,以讽刺他们永远不会主动寻求改变,来结束奴隶、仆从或者卑贱者的血统。另外一个典型的例子是词语"Nihilomelanholije",则是将"虚无"(nihil)和"忧伤"(melanholije)两个词合并成一个新词来表达更加复杂而深刻的内涵——"虚无忧伤",这个词在诗集中出现了两次,第一次是在第一篇《失望》①中,这首诗表达了诗人在黑暗现实中的痛苦与愤懑,"我们全都病了。/我们不得不死,/不得不死,/我们不能忍受,/我们不能活着"。"虚无忧伤"在该诗中表现出了诗人的无奈,即从字面上看到的那样——"忧伤"是"虚无"的。"太阳照在黑色裸露的树杈上/安静地照,当有人死的时候,/太阳照着。/虚无忧伤。"在死亡的黑暗现实面前,一切冷漠和忧伤都是虚无而无意义的,但是诗人却在全诗不停地重复"我""无敌"。或许在现实的残酷和虚无的忧伤面前,只有相信"无敌"的"我",诗人也许才不会感到特别的"失望"。"虚无忧伤"第二次出现在诗歌《虚无忧伤》②中,"死亡之眠的蓝色的马/踏行穿过雾霭。/睁开的死亡的眼睛/照进温暖的病

---

① Integrali'26, p.179;见本诗集第 84 页。
② Integrali'26, p.293;见本诗集第 229 页。

态的烛光。/穿过无法唤醒的/被杀的暴风的最强层帘/无法燃烧的火焰照耀着/正在陷落的圣坛。//虚无忧伤/将怠惰加诸黑色的凝视。/在坟墓里年轻的逝者入眠/并陷入永远的失忆。"这首诗虽然缺少了前一首的丰富含义，只是单纯地描写无力、消沉的失落与忧伤，但是复杂、多重的画面将悲观和虚无的情绪渲染到极致。德国画家弗兰茨·马尔克的著名的"蓝色的马"本是纯洁温和的象征，然而科索维尔将其与死亡相联系，并营造出行走雾中的阴冷氛围，继而又加诸重重阴暗的意象"死亡的眼睛""病态的烛光""被杀的暴风"和"陷落的圣坛"，使得痛苦与无助的气息扑面而来。最终年轻人死去，没有人会记得这所有黑暗的现实，因而现实中的人们的忧伤是极其虚无的。科索维尔用自创的词汇将诗歌的主题点明，道出了复杂难言的情感。整体而言，科索维尔在词汇的使用上十分用心，通过拟声词及其重复，营造出丰富可感的氛围，辅助诗歌的情感表达；另外他还创新用词，无论是拟声词还是实词，他都借助来传达难以言明的复杂内涵，传达的意义独特而到位。遗憾的是，由于译者水平所限，无法将更多的词语使用现象一一清晰阐述，例如诗人使用了大量的欧洲其他国家语言，有法语、意大利语、拉丁语等穿插其中，诗歌所用词语的押韵也难以准确地展现出来。

科索维尔在《整数26》中采用了未来主义诗歌的许多突出手法，许多诗歌形式上的革新与创意都与未来主义的影响紧密相关。科索维尔大量地采用排版的方式去创作，例如不同的字号、字体和颜色，随性的拼贴排版方式；他通过不和谐的拟声法、数学符号和等式，来发挥暗喻的作用；报纸拼贴和几何图形也在诗歌中出现，从而增强了诗歌的表现力，这些都是科索维尔的实验性创作。他还注重现代性和机械化，并使用诸如 gibanje（运动）、prostor（空间）、svetloba（光）、čas（时间）、celica（细胞）、atomi（原子）等词。首先，经常出现的大写、变换字体和各种排版方式突出和强调了某些诗句，抑或是通过特定的排版来有目的地表达出具体内涵。《纪念日》[1]一诗有诗句"迷茫的现在，/迷茫的未来/没有目标的斯洛文尼亚人"，后半部分加粗即为科索维尔使用大写的部分，用突出的字眼来表达失落与警示。同样地，《外国与我们》[2]的"什么潮流，什么是欧洲主义和人道主

---

[1] Integrali'26, p.155；见本诗集第51页。
[2] Integrali'26, p.154；见本诗集第50页。

义。存在"中"存在"二字也以大写和大号字体凸显出来，以此来呼喊在无数表象的潮流下，人们的生存才是最真实的真相。《拉的什大人》[①]中以放大的拟声词，充分将脑海中的声音效果扩大，把充满恐慌、无奈的"不安宁"添加到死亡的"红烟囱"吞吐的画面中去。《警察》[②]一诗将"青蛙"一词字体放大，"绿色的青蛙议会"原文也都全部大写，从而给人以昭然若揭之感，充分将诗人试图讽刺，嘲弄政治、官方的意味表达了出来。改变字号和字母大小写的手法在《整数26》中被多次使用，在155首诗中的27首诗中出现过，是科索维尔的常用手法。除此之外，诗人还会以奇特的手绘来为诗歌添加意义或者辅助内容，典型的是诗歌《灰色》[③]。诗歌起初描述消沉灰暗的生活，传达出巴尔干半岛上混乱阴暗的气息，继而诗人通过手绘的图形和注释，将自己脑海中的概念和想法抽象地表达出来，虽然模棱两可，但是依稀可见诗人对表面的疲软的生活充满了希望，看到了活动、实际工作和未来的基础。诗歌结尾提及的费尔南多指的是当时的阿斯图里亚斯地区的独裁者，而这一结尾又将

---

① Integrali'26, p.159；见本诗集第57页。
② Integrali'26, p.176；见本诗集第79页。
③ Integrali'26, p.156；见本诗集第53页。

诗歌从对未来的探寻拉回了无奈的现实。此外《球形镜》①和《酒中的心》②中也都有诗人手绘的有独特排版的诗句。特别是《球形镜》中诗人用手绘图形中的词汇组成了一具完整的话:"你为什么放走了金色的船,放到了沼泽去?"在诗中诗人以球形镜为喻,描述被扭曲的世界和生活,用混乱的声音和意象营造混沌迷茫的感觉,但是最后这句诗人以独特方式写出的诗句,含义并不清晰,科索维尔在《整数26》之前有一本汇集他早期诗歌的诗集《金色的船》,也许诗人是对美好过去的逝去表示无奈,抑或只是想责问一句谁来对这现实的陷落负责。虽然对话的对象模糊,但是可以从这句话中体会到深深的不忍与心痛。这也许就是诗人用残破的碎片的方式"画"出诗句的原因吧。在未来主义流派艺术手法中,有其流派独创的楼梯诗和台阶诗,皆是将建筑等造型艺术的空间概念引入到诗歌创作中,从而形成立体诗歌,其中有阿波利奈尔的图画诗最为著名,而《整数26》中最贴近这种图画诗的当属《镜前人》③。一般来说,当人们看向镜子的时候,能看到真实的自己,然而在诗人眼中,

---

① Integrali'26, p.142;见本诗集第33页。
② Integrali'26, p.138;见本诗集第29页。
③ Integrali'26, p.198;见本诗集第109页。

世界是灰色的，没有真相可言，即使面对着镜子，映射出来的都是谎言，你和我，所有人都是灰色的，虚假的，因而诗歌"镜面"的排版形式，即刻就能将读者带入诗人面镜的情境中，倒映着的诗句好像诗人自己脑海中灰色世界的映像，"镜面"的画面效果辅助诗歌更加到位地表达了诗人的对现实的失望和低落的情绪。

《整数26》处处散落着科学用语，涉及数学、物理、化学等，而这些用语或用于指示现代科学，或用于传达具体的意义。后者以《构成5》[①]为典型："粪便是金子 / 而且金子是粪便。/ 二者 =0/0 = ∞ / ∞ = 0/ A B </1，2，3。/ 没有灵魂的人，/ 不需要金子，/ 有灵魂的人，/ 不需要粪便。"诗歌中代表"无限"的数学符号"∞"，被用来表达他对金钱的观点，金钱的确万能接近无限，然而实际却是如粪土一般，价值为零，比任何事物都渺小。再如第一首《构成》[②]中，诗人提到了部分科学术语，用以表达对人性的呼唤：呼吁人保持本性，不要被机械驯化。"何蒙库鲁兹"即炼金术、造人术，诗人以此来抒发对不和谐科学的排

---

① Integrali'26, p.130；见本诗集第 22 页。
② Integrali'26, p.127；见本诗集第 36 页。

斥。但是一般来讲，所用的科学用语并没有表达出具体的意义，而是作为科学的代表出现在诗歌中。现代科学作为主宰未来的一部分，也是科索维尔所憧憬的未来的一部分，诗中"东方快车""电力"都是经常使用的意象，有着强烈的现代感和未来感。在他的诗歌《神秘的理论之光》①中，他写道："神秘的理论之光。/我生活在困苦之中。/我歌颂阳光的能量。/牛向水里看着自己/牛不能理解自己的样子。/联系？/政治衰亡。/悲哀的余众。/生石灰。"诗没有言明"神秘的理论之光""政治衰亡"和"悲哀的余众"之间的关系，然而在罗列了各种意象之后，以一句"生石灰"这一化学科学的用语结尾，立即使人明白那神秘的理论之光即孕育在现代科学中。当然诗人也在诗中添加了一句"联系？"，使人更容易理解诗人的意图。

由此可见，科索维尔诗歌形式上的实验，与未来主义的影响息息相关，但是他并没有紧随未来主义的潮流，而是秉持自己构成主义的理想，创造性地运用特定的未来主义的手法为自己的诗歌服务，同时吸收当时诸多流派的艺术特征，努力实现时空的立体感、诗歌的整体感、形式和内容的和谐感，而这一切都是

---

① Integrali'26, p.122；见本诗集第 13 页。

为了能够让诗人充分排遣和表达出，他在失望和希望中的挣扎。

《整数26》不仅以突出的现代先锋性获得了现当代文学界的认可，而且同样重要地是凭借在诗歌中诗人对这个世界所倾注的感情：无论是对欧洲大陆的痛心疾首，还是对未来世界的满心期待，无论是对阴暗现实的嬉笑怒骂，还是对实际工作的满腔热忱——都体现着科索维尔无所不在的现实关怀。他的多样手法与诗歌技巧无一不是为了更加突出诗人所关注的现实主题。整部诗集充满了科索维尔对旧欧洲社会的危机感，以及欧洲遇难的征兆，这不仅仅是通过他所使用的反映社会现实的词汇体现出来，例如"国家""议会""国王""警察"等，更主要地是通过诗歌的主题和所表达的情感，即在现实中的挣扎和对未来的期许。这种情感和寄托充分地体现在诗人不断重复的固定意象中。

在社会激进动荡的二十世纪初，欧洲大陆风云四起，复杂的社会环境下催生出了现代主义的文学，多种流派不断发展，艺术也在不断颠覆传统，科索维尔的《整数26》就是在大潮流中淘出的一颗珍珠。英年早逝的他和独特的出版经历，令这本诗集得到关注，然而更值得称道的是，他在一年之内将其所接触的现代主义流派融合并创新，创作出表达自己复杂情绪的诗歌。他的诗歌是嘲讽的，是批判的，是谩骂的，但又是热情的，真挚的，充满希望的。

在翻译和分析《整数26》后，译者充分感受到作为先锋诗人，科索维尔不仅是在形式上革命和创新，更是在一字一句中都倾注了先锋的精神，独特的表达和个性的展示都体现他寻求改变的渴望。译者努力地在能力范围内保留诗歌的主旨或风韵，由于相距甚远的社会环境和文化传统，再加上译者语言能力有限，因而在这里诚挚希望对斯洛文尼亚语感兴趣或者相关学者能投入到对科索维尔诗歌的翻译和研究中，并欢迎对此译本的指正和教导，希望此本诗集能让中国读者知道、了解、关注斯洛文尼亚诗人科索维尔。

特别感谢在翻译中提供重要帮助的朋友及导师 Metka Lokar 老师，以及最先把科索维尔介绍给译者的鲍捷老师，诗歌分析指导马晓东老师，斯洛文尼亚语启蒙 Natalija Toplišek 老师。最后，把诗集译本献给亲爱的祖父母袁景云先生，张俊花女士，外祖父母王康宁先生，苏章英女士，愿天堂一切安好。

袁 帆

2017年2月，纽约

韵

韵失去了它们的价值。
韵无法说服。
你曾经听过轮子转动摩擦的声音吗?
诗歌一定是痛苦的摩擦的声音。

拿陈词滥调怎么办啊,亲爱的语者!
请把陈词滥调存留在博物馆。
您的词语必须要有摩擦力,
(才能)抓住了人的心。

一切都失去了它们的价值。
春夜的白色海洋
溢出漫到田地上、花园中。
未来的征兆经过我们。

秋天静谧

秋天静谧存在于我的体内
和体外。美的,
我所想之处。

大量的工作等着我。
这难道不令人高兴吗?

不是为了人类社会的
尊贵公民
而战,
而是
在美丽和公正的世界里,
为他
而战。

快乐是什么?

生活的渴望。
生活的快乐。
对我们来说认可算什么!
我距离
我必要印上我的标记的生活
一步之遥。

构成：猫

猫跳过窗户。
跳上钢琴。
玩耍间惊讶到：
当我跳跃时，钢琴会唱歌
我曾在隔壁房间
以为是幽灵在弹奏。
但是它再次敲击
猫跳过
窗户。

新诗人走过的地方，
钢琴都会响应。
但是没人能像猫那样
令他分心。
整个世界都在关注：这名男子
是傻瓜

却是诗人。
我们都听着他的
脚步，像钢琴一样唱歌的脚步。

精神的撤离

精神在空间中。
暴风的火焰照耀着驱走黑暗。
精神在空间中燃烧。
神奇的光亮发散。
绿色的启蒙之窗
高架桥上的快车。
我燃烧然后发光;
盲人只感受到我的光亮的
电流,看不到黎明。
但都像我一样颤栗,
像陷入了死亡的恍惚中。
他们不知道,是翅膀的颤栗
想要展开,
想要在黑夜化身金色的火焰燃烧。
他们诅咒太阳的警察,
在夜晚入睡

像乡野小人一样。
所有人在晚上睡觉
感受不到神奇的启示，
这从我之内照耀出的启示。
人们是精神的撤离。
精神反常。

构成：ABC

保持冰冷吧，心！

愤世嫉俗者。

变压器。

东方快车在巴黎的高架桥上。

手铐在手臂上。

车运行。

我不能。

我的思想—电力

在巴黎。

药的气味

给诊所的药。

  呸——————
  ——————
  ——————

  唾弃吧，鄙视吧。

呸，呸，
呸！

像妓女一样的文化

厌烦享乐的老人,她们曾当街卖过,
她们曾经是,那些她们曾不想成为的。
一天三次我绝望
然后诅咒我自己
和宇宙。
拿破仑去俄国。
看吧,如何褪去
这红色秋天的花。
你是傻瓜 ① 还是什么,
会和风中的叶子一同哭泣?
这是你真正的样子,
和秋天的太阳一样纯净,
映在泪眼中的太阳。

---

① Norec:也可译为 madman,疯子;有"傻子""疯子"两个意思。英译版译为"疯子"。

(眼泪是如金子一般的!)
他,黑色的沙①,想要拥有
两面。
明日:启程去巴黎。

---

① 沙:伊朗国王的称号。

在投降之前

最后一次圣餐。
想象的人类社会国家
联盟——不同美德
的联盟——在日内瓦。
贫瘠的议会制度。
秘密的外交。
美国。金子般的美元。
精神要比东方快车快。
尼禄[①]穿着红色的刽子手衣,
人求:我欲为人!

[①] 尼禄:古罗马暴君。

神秘的理论之光

神秘的理论之光。
我生活在困苦之中。
我歌颂阳光的能量。
牛向水里看着自己,
不能理解自己的样子。

联系?

政治衰亡。
悲哀的余众。
生石灰。

海军上将

海军上将。

查尔斯顿。星期四！

泰晤士河波光粼粼。

»人类不只可以是
猿猴，而
且可以是驴子。«

——刚才我看着他。——

»我甚至听着他。«

讲座。

傍晚厨房。

沉寂。

泰晤士河波光粼粼。

蜂蜜罐。

结束。

句号。

打开博物馆

打开博物馆!
打开博物馆!
已经盘旋在欧洲的
尸体—思想。
打开博物馆
为了国家主义,
为了死去的思想。
打开坟墓!
安息吧!

太阳在嘲笑

太阳嘲笑死人:
你们
有着刺痛的脸颊
灼烧的心脏,
火热的嘴唇的,
歌颂着
世界的权利。

严厉的苦行者
穿着蓝色的长袍,
在思考,
对未来充满坚定,
在黑色的眼眸中
有着顺从。

我是丰裕。

在金字塔上

如尸体在大理石
　　　　墓中。
在人们心中有金钱。
因为灰尘我们眼睛灼烧。
电动机
嗡嗡作响，嗡嗡，嗡嗡
在我的牙齿边。
岩石下的火燃烧，燃烧，
燃烧。
社会化金子的生产。
发展的　　终结。
人类的，终结！
人类的！

有金子般的心的人
站在
白色的金字塔上。

整数26_19

1

黑色的火车像鼹鼠一样
驶进山中。
在灰色的窗后灰色的脸。
透过窗户一位淑女倚靠着
戴着优雅的手套
伤心的静力学：伤感。
国家。

世界上的事件和

革命
国王
艺术家。

这里有茅草屋顶。

在街上有人吹口哨
送葬曲。
前进,人们,远离不公正的土地上!
肥胖的太阳闲晃着,
像肥胖的屠夫老婆
在村边。

这是一个伤心的太阳。

整数26_21

致医者

在晚上的时候
黄昏轻抚着我。
（填满的鱼鳔。）
人啊，想在空气中吗?

在胸中你感受到翅膀
想要翅膀展开。
（霍屯督文化！）
谁会相信你?

你投身于大局。
（这个煤油真难闻。）
给旧文化红酒
让他把他的破旧吐出来！

构成 5

粪便是金子

而且金子是粪便。

二者 = 0

0 = ∞

∞ = 0

A B ＜

1 , 2 , 3.

没有灵魂的人，

不需要金子，

有灵魂的人，

不需要粪便。

就是这样。

我的黑色墨水瓶

我的黑色墨水瓶穿着燕尾服
散步。
如雾一般。
整个国家被蒙罩着,失聪。
在草垛上躺着感伤的猫。
用他的金色的小提琴吱吱叫。
哒,哒,哒。①
啊啊啊
啊啊啊

---

① "Da"在斯洛文尼亚语中意为"好的""是"。

整　数

旋转的黑夜。
树在绿水旁。
精神的旋转。
我的精神是红色的。

我爱我的痛苦。
我自痛苦中工作。
还有，还有：
从我良心之底。

从我良心之底，
全部都毁了。
奸商们
跳着康康舞。

整数26_25

疯人院之上

在疯人院之上漫步着
梦游的月亮。
在白色的花园有影子走过——一个人,
在他伤心的两颊上有万千思绪。
就像看万花筒一样
货币和支票在他面前舞动,
在如同彩虹的火焰中渐渐熄灭。
曾经的银行家,纸票的囚徒,
正在散步
和梦游的月亮
在白色的疯人院的墙后。

这是自由,
那种可怕的自由,
是当你走进看不见的墙

变大的良知的墙，
良知会分离开
融入无形之巨。

没有灵魂的东西

带红色玻璃板的柜子。
无聊在角落里睡觉。
汽车是感觉。
宇宙的呼吸：地震。
在闪耀的黎明
红色的原子
我的未写之词
倒影
倒影。原子
在木马上
国王达达的笑声。
嘿，嘿。①
乒。

---

① 斯洛文尼亚语中"hi"音同英语中的"hee"，作笑声或策马声。

国王达达的笑声

法令号 35：

突然一切变得明显，
红色的黄昏
是国家的威胁。
所以夕阳
每次当它出现，
和光隐于
黑色的海洋。
在金色的镶嵌状的墓地
照耀着灿烂的
夕阳。
孤独的马散步
在田野上。
神奇的夕阳！
马是伤心的。

酒中的心

撩起伤心的面纱!
在笑中是你的未来。
阳光从背面射过黑色玻璃。
草原在太阳照射下是金色的。
在你金色的眼中是伤心。
不要到镜子那里去!

施贝雷特酒

心·在·酒精里

死亡在酒精中游泳

笑,笑,笑。
要下雪的云。
在春天的蓝色里。

空间 O ∞ O

etroplan①.

火车慢得像黑色的蜗牛。

思绪像闪电。

我们在三头山②灰墙底

休息。

我们的思想：另外一边。

---

① 尚未查明词义。
② 斯洛文尼亚最高的山，为国家象征。

花花公子

太阳照在草地上,多么的绿!
人在自然中是多么好!
温柔像在树梢颤动的风一样,
展开静谧的面纱
到处,处处。
他的足迹遗失在风中
到处,处处。

人在自然中是多么简单,
像鸟一样,在我们上面安静地遨游。
您见过鸟儿,它飞出笼子,
您看,当它发现自己自由时
多么跌跌撞撞。
所以:致自由,花花公子,
这样你就能知道轻盈的风,

郁郁山峰温柔的悸动,

美好的阳光,在我们之上的光。

生存,生存是为人之道。

球形镜

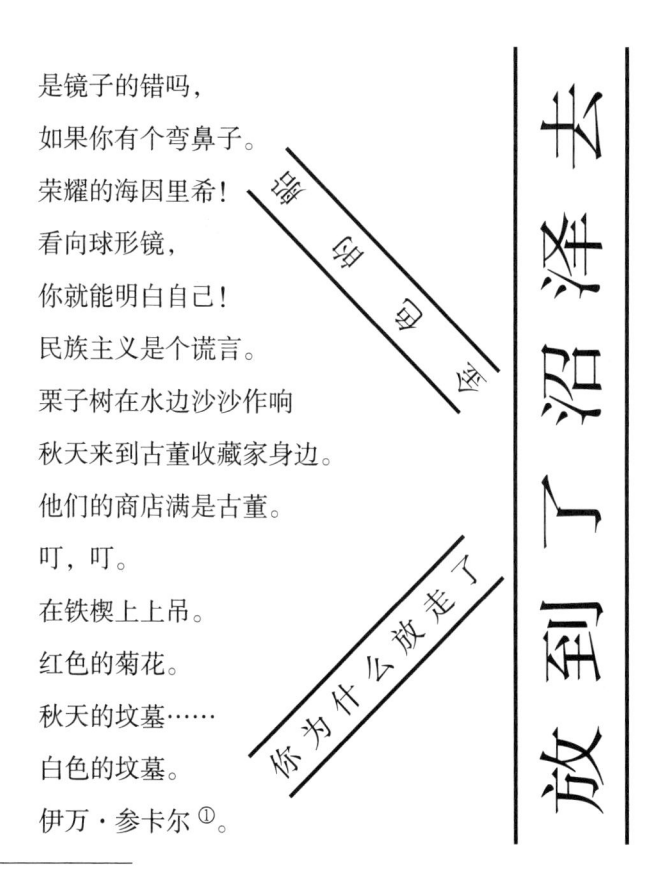

是镜子的错吗,
如果你有个弯鼻子。
荣耀的海因里希!
看向球形镜,
你就能明白自己!
民族主义是个谎言。
栗子树在水边沙沙作响
秋天来到古董收藏家身边。
他们的商店满是古董。
叮,叮。
在铁楔上上吊。
红色的菊花。
秋天的坟墓……
白色的坟墓。
伊万·参卡尔①。

明钥匙

你为什么放走了

放到了沼泽去

---

① 斯洛文尼亚著名作家,著有《白色的菊花》。菊花与墓地有关。

X 号诗

老鼠药。哔！
哔，哔，哔，嗑。
嗑。嗑。嗑。

老鼠死在阁楼上。

马钱子碱。

哦我年轻的时光，

如照在阁楼上的安谧的阳光。

在屋顶周围感受到酸橙的香味。

呲，呲，呲，呲

死了

人

人

人。
在八点有关于
人道理想的讲座。
报纸里的画展示着
被绞死的保加利亚人。

人们——？
他们读析并畏惧上帝，
但上帝已离职。

构 成

虎冲向驯兽员,
并撕裂了他。
野兽无法被驯服。
驯化不符合自然。
人不能被机械化。
文化不在机械中。

您可以从这个例子学到:

卡雷尔·恰佩克 $^eRU^eR$。

人从何蒙库鲁兹冲破出来。
一千次更可怕。
和谐是善良。

走下台来,驯兽员。
人:这是一个新词。

整数26_37

毁掉泰勒的

工厂！房子
毁坏！由砖建成。

人不是机器人。

构成：XY

巨象走过我的心脏。
克拉的斯盖马戏团，门票 5 锭。
不要在大钟上悬挂痛苦！①
她笑道：叮叮叮。

人心很小但监狱很大，
我喜欢走过人们的心。
你支持这还是那个派系？
一千锭还是七天牢狱。

我心中的花不曾哭泣。
谁愿年轻，而又失落。
就算走过警察之门。
军事法庭程序，你也要坐牢。

---

① 意为"不要到处说"。

花啊,独自度过困难的日子。

你的眼睛,警察,正如刺刀一般,

愚蠢而邪恶。(花,请闭上眼睛!)

甘地被囚禁了整整六年。

克拉的斯盖马戏团

第 461

区域

马戏团。

画廊。

……号区域

克伦比娜

脱衣，脱衣。

全都看着。

没有人看到，

她支撑在牙上

她升起。就在篷顶下。

无耻的言论。

卑劣的笑容。

她现在松开最后的面纱。

他们看着，

他们的眼睛啃食着

整数26_41

她柔软的身体。

他们鼓掌。

她有动人的大腿。

起伏的胸膛。

他们鼓掌

嘲笑

她的痛苦

然后羞辱。

请看:动物

为人鼓掌。

人是动物。

动物是人。

阀跳起。

狮子愤怒。

1号诗

太阳照耀。
我醒来。
还想着马戏团
和克伦比娜。

太阳在路边,
太阳和我一起走。
在小店我买了
四包泽塔烟。
哦,小店
和太阳比较
是多么小。
人像蜥蜴一样地
喜欢太阳。
然而。
太阳随我走。

构成：Z

伤心的手风琴。

游泳的季节。

蓝色的闪电。

鞋号 40。

伊斯特利亚衰亡。

海洋。

欧洲衰亡。

体育，经济，政治。

日本对俄罗斯。

新文化。

新文化：人性。

新政治：人性。

新艺术：为了人。

消亡的时代来到了欧洲。

给她用 H_2SO_4 涂油。

时代消沉。

新世界的大幕拉开。

黄昏的对话

我们的窗户有隔栅。
白色的街垒。
印第安人对于庄重
一点不懂。
但是炸药也在新土地上
爆炸。
戴阿斯特拉罕帽子的先生！
在旧世界和新世界之间
没有平均数。
人可以是年老或年轻的。
金色的船在地平线上。
自然法则=道德？？？
没有物理
你也能明白宇宙。
被绞死的人在电报杆上
摇晃着。

门票：一锭
雨在下。
人在和宇宙聊天
窗前的棚屋。

构成：4

波士顿批判爱因斯坦。

爱因斯坦被禁。

相对论危险？

在柏林他们囚禁

中国学生。

中国学生危险？

SHS① 政府改变。

许多政府已改变。

法国。西班牙。摩洛哥。

宪兵恐吓

警官恐吓。

许多伟人活着

依据他们灵魂的原则。

---

① SHS 为"The Kingdom of the Serbs, Croats and Slovenes"的缩写，即南斯拉夫王国。

很少人依据法律。

X：14天在监狱。

Y：在绞刑架上。

Z：在被驱逐中。

21年我在监狱里

10× 在绞刑架上。

永远被驱逐。

嘿，亲爱的，你会哭吗？

我不能哭。

我像钢铁一样坚硬，

而钢铁必须刺破心脏。

构成：X

短视的检察员先生
坚持着某些出版法。
秋天：雨敲在窗上。
穿着雨衣来；用半音程。

专制主义到来。徒劳地
我们期待晴朗的天。
谁会去建设？去挖地基！
暴风似地席卷所有方向！

世纪紧迫，衣服拉到脖子，
我站在雨中，我好像不是我。
我盯着窗户：幻想。雨。
在玻璃镜中映着灰色的脸颊。

外国与我们

法国
德国
意大利

———

潮流
我们相信每一个不知疲倦的,
我们正经历的真相吗?
什么潮流,什么是欧洲主义
和人道主义。**存在**。

真相与我们相伴,而且如果
帮助它崛起,
这样就应经可以解决生活的问题。
让我们真正地
生活。

把玩信仰。

纪念日

重要的文章。
照片。
节日。

工作日:
    在灰色的环境中,
    在融化的失意之雾中,
    伤心地凝视着
    迷茫的现在,
    迷茫的未来
没有目标的斯洛文尼亚人。

我们的细胞健康吗?
当它们处于灰尘之中。
来吧,寒冷!
干净的脸颊,

照耀我们吧!
如冬日的银色,
看,时间在奔跑:
在工作和贡献上
我们的努力。

整数26_53

灰　色

我的心
是石头的灰色
是街道的灰色。

囚犯的死亡脚步

扎向他

你希望变得幸福？

别想着幸福了

活力

活动　　B

巴尔干

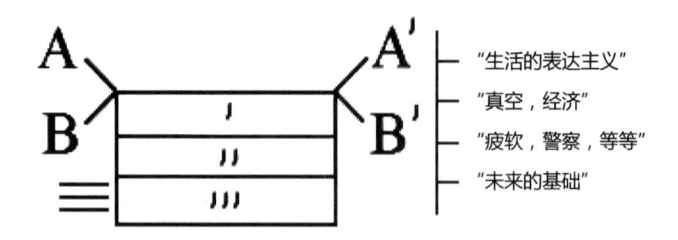

```
A         A'    ― "生活的表达主义"
  \      /    ― "真空,经济"
B  |  I |  B' ― "疲软,警察,等等"
   |  II|    ― "未来的基础"
≡  | III|
```

AA'—疲软
BB'—活动
≡ 实际工作

费尔南多,是阿斯图里亚斯所恐惧的 [①]

---

① 费尔南多是阿斯图里亚斯地区的独裁者。

流着血的源头

在东方的夜空

盛大的节日游行。

微生物。

造假的事件。

一夫多妻的魔力。

又一个新的舞曲

录音?

谁到卡诺莎去?

斯捷潘·拉迪奇? ①

尼古拉·帕希奇? ②

安东·科罗舍茨? ③

---

① 斯捷潘·拉迪奇(1871—1928),克罗地亚政治家和民族主义者,起初极力反对南斯拉夫王国的塞尔维亚集权,后来成为议会成员。
② 尼古拉·帕希奇(1845—1926),塞尔维亚政治家,大塞尔维亚的支持者,1920—1926年担任南斯拉夫王国的首相。
③ 安东·科罗舍茨(1872—1940),斯洛文尼亚政治家,支持南斯拉夫王国内部的自治政策。

流着血的源头闪烁
好像红宝石制成的
红色方尖碑。

我的心的
灰色天空。
沉默。沉默。

哦我的姐妹死了,
死了,
死了。
哦我的巴尔干姐妹,
死了,死了。
灰色的飞机
放下了花圈!
死了。
死了。

拉的什大人

拉的什卖帽子。
卖帽子比卖人好。
在白雪里的黑马
逃跑,逃跑,逃跑:到哪儿?
我想要一个人
逃离到田地
和雪中
到白色的安静的心中
沉睡,沉睡。

——————

死。
红烟囱唱歌。

突,突,突。

噜，噜，噜。
不安宁。

烦恼什么

烦恼什么？
因为表坏了？
日正落下。
精神收集印象。
我寻找动起来的图画。

事实驱赶艺术。
小伙子，小伙子，勇敢些！
需要的东西，
你会在痛苦中获得。
伴着街头音乐
我们驱赶民族主义。
眼睛在水中寻觅倒影。
在那里我的精神平静。

安静而温和的

绿色的是你的爱
如水的倒影。

H P.

我驾着金色的船
经过成荫的树
我像电的火光一样，
跳跃着。
自由主义。
烦恼什么，
因为日落了？
整个世界都去见鬼吧！
民族主义是个谎言。
国家联盟谎言。

有时，当我绝望到死的时候，
我会想你，白色的小女孩。
所有的印象都是绿色的。
如此温和的绿色的
和美好的是你的爱
如绿色的水的倒影。

精神收集印象。
死亡般的注视死气沉沉……
活跃的精神收集图画
向后看,向前看!
事实驱赶艺术。
小伙子,小伙子,勇敢些!
我有着三个人的勇敢。
我驾着金色的船
我需要的东西,
我都从痛苦舀取。

哎,嘿

哎,嘿。

巴尔干联盟①。

希腊是白色的。

俄国是红。

那么,向前吧!

解放之塔。

你。你。你。

你的窗户

在绿植后睡觉。

那里月亮

和不可思议的景色照耀着。

---

① 巴尔干联盟是国际左翼报纸,1924—1925 年在维也纳出版,在南斯拉夫王国被禁。

绿色的青蛙国王
骑在栗子树。
死亡要来了。
精益求精!

嘟——还有

"是谁?"
—就我自己。—
用金色的征兆
使世界沉醉,
我唤醒心灵,
我唤醒灵魂。
甜葡萄
比梦想更好。
猩猩,
天不错。

白床国王黑柏尼安德拉·郝普之辱

I

嘿,亵渎太阳的人,
到白桥上去!
举起旗子,
在铜肤人前
飘动。
他,铜肤人,
等着我们,
在白色的床上等
在白色的萨朗德拉旁等
他,铜肤人

II

铜肤人,

整数26_65

前人

克拉皮纳人,

史前人类—类人猿。

[M. N 14, Abt 3/II Ex // e]①

他,铜肤人,

两足动物。

死了,

死了,

死了。

但是我只是变出了

满星星的帘幕

而我们都陷入

时间的神秘的

白色的枕垫中,

松软的胸部中,

激情的拥抱中。

他—侮辱,他—侮辱,

谁侮辱了他?

我杀了他。

我救活了他。—

---

① 德文缩写,意为博物馆第14号,3 /II区,e展。

侮辱：从猩猩的王朝，

安静的小猫，

软毛小猫

来自第三代

白色的法老。

他，嘿，他—

侮辱！

我抗议

你们所有人，坐在剧院，
酒吧和咖啡馆
和其他娱乐场所：
我抗议！

在疼痛
无情的斗争中
我诅咒你
我，
衰败的国家的
衰败的儿子。

我，可怜的人，
可怜，迷茫，
我到女人那里
找寻救赎的爱。

我，充满痛苦，
衰败的国家的
衰败的儿子。

哎，嘿

哎，嘿：雨落在卢布尔雅那灰色的房子上，
在太阳前罩上灰色的帘。
在的里雅斯特他们烧掉了我们的 Edinost①。
基督来到了国家联盟。
不，不是美好，漂亮
伴着爱的保佑的荣光的那个，
假基督在日内瓦。
怎么，日内瓦也在下雨？
基督来到了棕叛军之中，
他在那儿站在灰色的街道上
驱逐了文士和法利赛人。
他射击并杀戮。
射击并杀戮。
哦，你怯懦的，你白色的国家！
你现在知道，你是什么了吗？

---

① 一斯洛文尼亚印刷店，于1920年被法西斯烧毁。

接近午夜

接近午夜。

苍蝇在杯中奄奄一息。

火熄灭。

漂亮维达①,苦难

在你的记忆中。

斯特拉温斯基在车上。

大海的咆哮。

哦一个人待五分钟。

心脏—的里雅斯特生病了。

这是的里雅斯特漂亮的原因。

痛苦在美丽中绽放。

---

① "漂亮维达"(英文"Fair Vida";斯洛文尼亚语"Lepa Vida")是斯洛文尼亚文学中的常见的主题。维达为了自己的生活憧憬离开了丈夫和孩子,后悔时已为时已晚。"漂亮维达"还是科索维尔于1922年编辑的高中报纸的名字。

构成。构成。构成。

月光如冰淇淋一般寒冷。
如行吟诗人的诗歌一般的空洞
坐在夜的影中很美好。
厕所,厕所(法)。这里。
门后的人,他想干什么?
像影子一样站在
透明的门后
月光之门。
月光在田野上
如石化的痛苦……
你的身体闪耀
在月光中。

狂　乱

思想的殉难。
蔚蓝的海。
灰色的监狱。
士兵在窗前
用他的刺刀上
扎上绝望的思绪。

请原谅。》哦，没事。《
香烟。
爱迪生。
我听说蔚蓝的海
均匀的拍打
我的头骨。

卑鄙的角色

在金色皮草下的卑鄙角色。
» 先生们,你们好 «
哦,你们好,灰色的塔。
你可怜的颤抖的狗:你好。

我每天都来,
每天都裹着红色的旗。
穿着金色皮草的先生们,
每个人都沉默。

我的女朋友还年轻。
她真的有这样的习惯。

所有人陷入灰色中。
先生们,你们好。

16 号侦探

"你好。"
我刚刚
从梦中醒来。
冬日的早晨闪耀。
银色的太阳。

"我是侦探。"
(先生,有罪吗
我?)

»您很危险
而且现在没有工作,
当然了还是一个诗人。—
你的头发我一根
都不会碰。«

(哦,起立,伟大的团体)
调查。
没收。

外面阳光明媚。
侦探不懂
我的诗,
诗急忙飞离他
在银色的翅膀的
冬日的阳光的
风中。

亨利卡!
警察。
什么?
龙。
银色的太阳,
海军上校。
国王从王位上跳开
然后像我一样,
要快乐,

要

和我一起唱歌

在这银色的

冬日的时间里

你不是国王。

先　生

先生跟着我

用微小的邪恶的眼睛。

为什么跟着我,先生,

你是想要**勇敢勋章**,

因为你抓住了

»危险«的我?

人总会很生气,

如果有那种琐碎的烦恼,

并且如果很胆小,就会对所有事情都感到害怕

而且所有事情对他都是危险的。

如果你没有武器,

你会有什么?

害怕的人持有武器。

然而我们在太阳的死亡国度
有公民权。

我们会用
卑劣的恼怒
和邪恶的恶意嘉奖你,
哦先生,
哦警察先生。

警 察

警察是最低劣的人。

听命于主人的仆从。

我与绿色的田野不同。

狡猾如狐狸,单纯如鸽子。

生存。所有被迫害的想要生存。

像一个人那样地生存。

太阳悬在塔上。

绿色的

青蛙 议会

我住在

欧洲野猫的国家。

对称很漂亮。

政治犯是自由的!

在伤心的酒馆

下午,喝啤酒,抽烟。
他睡觉。他。我们。年长者。
年轻人。杀。
失望的人。

我们的眼泪在烟中窒息。
灵魂在痛苦的绝望中诅咒。
思想如火般沉重,
不能燃烧的火,
就像破碎的心中有一首歌,
不能唱响的歌。

在外面那里
杨树和太阳还有酸橙树
闪闪发光,沙沙作响。

在车站

车厢。开的门。
还有栅栏。
在站台上
有人散步。
红帽子。
红旗
停下列车。

```
在门的广场
        人
```

栅栏。
绿色的平原。
没有人要离开。
哦你最好不要当一个,

有心的人!
我再一次
回头看。
家
在银色的距离中。

失 望

一

无敌之人的言论
通过我。
我无敌。
天上的人。
诅咒你们!
你们为了微小的太阳
而生存
为了吹在山谷的
微风
为了暖心的
小太阳。

然后你们为了金钱
出卖了我们

你们践踏我们；
你们并不在意
我们，我们在牢底
死去，
我们，我们无权地
反抗。
你们怕告密者来针对我们。——

无敌之人的言论
通过我。
我无敌。
天上的人。
诅咒你们。

二

无敌之人的言论
通过我。
我无敌。
天上的人。
这是个冷血的声音。

如果与死亡形影相随,

我会不被允许爱一个女人,

但是所有思绪

都想着你,

对纯洁女人的爱

如秋日阳光;

荒原,

在它之上是无声的平静。

无敌之人的言论

通过我。

我无敌。

天上的人。

这是个冷血的声音。

三

我不与你们一起,

我想自己一个人。

我不哭出泪。

必须一个人完成所有。

我并不来自于你们。
我总是离开,
正如我被指示的那样!
我唱歌,我吼叫。

她的影子落在我身上,
安静的影子是她的眼睛。
让世界把她从我身边带走吧,
所有就都完结了。

太阳照在黑色裸露的树杈上
安静地照,当有人死的时候,
太阳照着。虚无忧伤。
一切都会完成的。

四

正如必须的那样。
无敌之人在我体内挣扎。
心啊,不要诅咒!
灵魂啊,不要诅咒!
我们全都病了。

我们不得不死，

不得不死，

我们不能忍受，

我们不能活着。

无敌之人的言论

通过我。

我无敌。

天上的人。

他的声音

就像最后的温暖的祈祷。

长发的浪漫

在伤心的窗边。
每个分别
只有一次。
我听着蓝色的马。
和你一起来,
长发的浪漫?
白杨在秋天的街道上。
诗人们在哪里以致他们
没有看到这些白杨呢?
白色的墓墙。
浪漫主义。

在伤心的窗边。
倚在康乃馨上。
太阳照进
她黑色的泪眼。

城市上的题词

> 汽车一千米,思想一千米
> 志向一百米

愚蠢的情景:傻子凝视,
驴子统治,诗人则对着月光哀鸣
哦,有灌肠剂吗?——

你好!物理!这不是巴尔干。
要肥皂的指令。太阳在栗子树上。
我嘲笑黑眼的小女孩,
而她喜欢我。仙女结婚了。
这我就是我到的境地,可怜的诗人。

在黑色的湖上用桨
咔啦扑——咔啦扑——咔啦扑——咔啦扑

整数26_91

我的小舟开始小跑,
跑到城堡前她坐着的地方
然后等着我。
狗在绳上,否则会惩罚。

沮 丧

重重危机。
在灰色的石头上鞭笞耶稣。
有人宣告着生存的形式。
生存的形式:痛苦的形式。

我诅咒欧洲
和国家联盟,
闪亮的长矛
和冒着硝烟的战场。

耶稣,你驾着金色的云来?
耶稣,从我们被践踏之人中来,
践踏你的我们,因为我们杀害他们,
我们自己的刽子手。

但是告诉我们该怎样,怎样

杀掉这些吸血虫?
金色的宽恕是伟大的。
我的梦痛苦地可怕。
耶稣,原谅行为的可怕。
有人宣告着生存的形式。
生存的形式:痛苦的形式。
欧洲人。
心吠。——吠吧!

构　成

疲惫的欧洲人
伤心地注视着金色的夜，
而夜也比他的灵魂
更加伤心。
喀斯特。
文明没有心脏。
心脏没有文明。
疲惫的战斗。
灵魂的撤离。
夜晚如火燃烧。
欧洲的死亡！
宽恕！宽恕！
教授先生，
您懂得生命吗？

构成：新时代

新时代来到了
集体财产这里，
新时代来到了
工人和诗人这儿。
技术机械问题的
死亡！

所有问题都是人的问题。
反对泰勒的系统！
有紫色胡子的人道主义者。

新时代来到，
当每个工人是人的时候，
当每个人是工人的时候。
新时代和反抗的奴隶
到来了。

我们用劳动来建设

我们用劳动来建设
我们的未来。
我们滚动石头
为了它的建设
白色光,金色火。
我们保持沉默。

塔发出
金色的希望之光。
在她的门口
伟大的**梦想**
正如在金色的火焰中
燃烧的大海的光辉。

我们的劳动是坚硬的花岗岩

整数26_97

我们的梦想是纯金的

但我们的梦想不是幻想。

未来是属于那些**信任**它的人的。

失 望

在睡着的孩子上方
有上帝关切着。
在我上方
是刀鞘。
而我们的双颊
和梦一起如死灰一般。

他被埋葬了。

黑影经过
每日。

开火!

开火!

开火!

我们的双颊

和梦一起如死灰一般。

他的脸流血。

带着讽刺

星星在雪上闪朔。

我号召你们

我号召你们,地与火的反叛者,
暴风雨的兄弟们
洪水的兄弟们和破碎之船的兄弟们,
完全破碎的欧洲之心的兄弟们,
我号召你们,这被践踏之地的兄弟们,
你看:那里……小草变绿
变绿然后充满生机,
完全破碎的欧洲之心的兄弟们!

哦,爱苏醒过来该多么好
正如这小草一样,在被践踏的心中
从如中毒般的愤怒和憎恨中,
这首诗是歌颂小草该多么好,
开始生命的小草。—

我号召你们,博爱的兄弟们!

卢布尔雅那在沉睡

新的人类
走入红色的混沌！卢布尔雅那在沉睡。
欧洲死在红光中。
所有的电话线都被破坏。
哦，但这个是无线的！
盲马。
[你的眼睛像从
意大利绘画中来。]
白塔从棕墙中
立起。
洪水。
欧洲正走进坟墓。
我们伴着飓风而来。
伴着毒气。
[你的嘴像草莓一样。]
卢布尔雅那在沉睡。

售票员在电车上入睡,
在"欧洲"咖啡馆
阅读《斯洛文尼亚国家》。
台球的碰击。

鲱　鱼

一桶鲱鱼
来到了卢布尔雅那。
它们被问及
关于政治理念的问题。
它们说，
它们从冰岛来。
现代诗人
警告关于衰退的事。
鲱鱼整周
都密封在桶里
然后就发臭了。

构成伊卡洛斯

没有目标的斯洛文尼亚人。
斯洛文尼亚人：三锭。
斯洛文尼亚人。
斯洛文尼亚人。

这浸染着血的人死了。

斯洛文尼亚人
黑色的边界。

血　统

奴隶。

奴隶 仆从。

奴隶 小仆从 仆从。

奴隶 小奴隶 小仆从 卑贱者。

奴隶二世。

奴隶 小卑贱者三世。

小仆从四世。

雅内兹[①] **卑贱，胆怯，虚张。**

---

① 常见斯洛文尼亚男性名字。

被击穿的心

被击穿的心。
血。
晨光中的人。
咖啡馆。
讲没有被玷污的词!

到处我都能看到秋天和苦痛。
铅雨鞭打在玻璃框上。

黑　墙

黑墙倾颓
于我的灵魂之上。
人们有如
渐弱的，渐灭的灯。
独眼鱼
在黑暗中游弋，
黑眼的。

人从
黑暗的心脏处来。

我们的眼

灼烧的岩浆
冲进我们的眼。
水泥塔的
银灰
在我们的嘴唇上燃烧。

正如燃烧的树
我们倚着
新的一天。

人前镜　　　　镜前人

人的色灰　　　　灰色的人
子镜着盯　　　　盯着镜子
。己自着看　　　看着自己。

，子镜的色灰　　灰色的镜子，
，人的色灰　　　灰色的人，
。的色灰是都有所　所有都是灰色的。

。我。你　　　　你。我。
。你。我　　　　我。你。
。我—言谎　　　谎言—我。
。相真有没是但　但是没有真相。

被标记的

他们与死亡一同走进心脏。
死亡在他们的眼中醒来。
汽车溅起泥。
没有了力气头颅低下。
恶魔般的小雨落入眼中。
疲惫的岩浆
精神错乱。
饥饿。
饥饿,饥饿。
哦你白色的手!
你好似熙攘的梦般经过。

被遗弃的

旧的道路会被遗弃
而世界会踩踏新的道路。
一个未写的词出现
变成真的。
这未写的,未思考的,
从未感受的词。
远离耀眼的光,
因为光是死亡。
它出于诅咒的黑暗
被挽回,被赞颂,
生于黑暗。

旧的会消亡。

死　眼

九月寒。
早晨。寒冷的天空。
死眼。
老的。
瞎的。
灰色的衰弱之湖。
死亡的愤怒。

升于八行诗
我的悲伤之上,
我胜利地歌唱:
人，救我!

就像人们

就像人们
在白色的额头上
有许多伤口,
血倒在
躯体的白色之上
在窄条纹上——
在多刺的花环上,
隐形,
他们走,
他们爱所有人
但是不评判
他们无法活着,
直到
国王不再
穿着红衣来。

正如受苦难的人用眼
播撒仁慈
在人们中间,
他们爱你:在他们认识你之前。

他们感受到存在的神圣,
感受到罪恶的
烧红的尖头——
并爱着耶稣,
因为他们知道:
只有他是公正的。——
人们可以爱对方,
但是不能做评断。——
当我们想要的时候,
他在我们之中,
但是不能够爱对方。
——
人们的问候多好啊,
在煎熬中犯下罪恶的人们,
好似在耶稣的手中
清洗眼睛——

他们说她不忠
说她原来挺好的，哦，挺好的
比所有人都好，——
哦，什么在
恶意的旁边，
人群中
对死亡的恐慌！——
我吻在
她的眼上。

荣归主颂

哦,你好,欧洲的拯救者,
期待已久!
你带着人性的光辉到来,
为什么你要带血的羽毛?
穿过协商之桥
你骑向玛提亚什① 的城堡。

我们,饥饿的狼,盯着,
眼中的火光,灰色中的灵魂,
有哭碎了的心,
我们,只有我们的母亲们
知道我们,
我们伟大的母亲们。

---

① 玛提亚什王是斯洛文尼亚民间传说的传奇人物。

我们没有勇气,
我们没有鲜血,
我们没有眼睛。

你在我们上面。
汽车轮坏掉。
你!

欧洲死了

欧洲死了。
国家联盟和药店,
二者都是谎言。
运营。革命!
我在灰色的街道上站着。
棕色的叶子从树枝掉落
而我只害怕一点,
当这棵树变秃黑而站立的时候,
和灰色的田野
和小木屋
我就会大叫
而所有,周围的所有
都会安静。

无心人

人的脸在无尽的空虚中。
在人心中没有圣坛。
反抗,反抗!
欧洲精神病院。
欧洲疯人院。

太阳照在
白色的墙上,
金色的鸟
在树影中歌唱:

人,人,人,
动物更香甜。
想:这夜莺的肉

欧洲疯子院。

疯一人一院。

欧洲。

破　坏

哦谎言，谎言，欧洲的谎言！
只有破坏能杀了你！
只有破坏。
大教堂和议会：
谎言，谎言，欧洲的谎言。
还有国家联盟的谎言，
谎言，欧洲的谎言。

推翻，推翻！
所有这法老的博物馆，
所有这艺术的宝座。
谎言，谎言，谎言。
哦索菲亚，哦大教堂。
哦死去的，将会拯救
欧洲。哦死去的
白色尸体，它守护着欧洲。

哦谎言，谎言，谎言。

推翻，推翻，推翻！
百万人死去，
但是欧洲说谎。
推翻，推翻，推翻！

在街上

踉踉跄跄,眼睛
找不到方向,
房屋立起,
像
方形亚麻布,
三角形亚麻布一样大,
像古怪钢琴的
琴键
颤动
和弹起。
人们蜷在一起,
这样房屋
不会坍塌在他们身上。

静静地弯向自己
我指给他们看

田野上的路—
从转圈
从循环中解救出来。

小号外套

我喜欢
穿着小号单词外套
散步。

但是在这（衣服）之下应该藏着
一个温暖明亮的世界。

什么是财富？
什么是奢侈？
对我来说就是一点：
我有小号外套
而没有人有这样的
相似的外套。

我的窗户是黑的

我的窗户是黑的,
没有灯光。
我的房间是孤独的,
没有朋友。
我的面包是苦的,
带着潮湿的苦涩。

我被杀了。
我不知道:被饥饿,
被孤独?

绿色的光圈
从小房间
落到了墙上。

伤心的人,他在等待

谁应该走到路上,
在我们之间蜿蜒的洒满叶子的路?
哭过的太阳照耀在我们身上。
我们自己。我们自己。

田野泥泞,草地孤寂,
这地方安静的荒凉
照在脸上:伤心。
谁应该来?

窗上的花

太阳窗上。墙
变白,白,白。
窗打开,风
从田野吹来。在窗上
是山楂树的枝条。
正如雪
温柔地落在它的身上。
太阳窗上,
窗是白色的。
山楂树上的芽像雪一样。
窗后蓝天。

来自阁楼的映像

在日暮中荒废
发黑的楼梯。
门。
门。
门。
穿过打开的阁楼
银色多风的
黎明来到。
在墙上神秘的
明亮的映像。
我在楼梯上说谎
而我的影子
在银色的映像中勾勒自己
就像在**银色**的镜子中。

印　象

布拉风①打开了窗。
温暖的星星
落在田野上。
春天。
春天。

白色的脸在蓝色中
闪耀，
丝绸在山谷中
沙沙作响。

玻璃般的天空
破碎，
在我们之上柔软黯黑的云。
丝绸。

---

① 是一股强劲的来自亚得里亚海东岸山区的北风，通常在冬季。

在风中摇摆

我的生活在风中摇摆
像格栅上的叶子
在明亮的风暴般的
秋天的风里。

像听到海岸的浪一样
听到暴风中的钢琴。
灰暗的云
在风中疾走。

我的心中有一面黑色的镜子。
当我看向它的时候,
我的脸开始变暗,
灼烧,疼痛,
正如我在孤独的时光
知道的那样。

我的生活在风中摇摆,
在秋天的风暴的
风中,风穿过田野。

角落里的瓶子

房屋建起。
角落里的瓶子
比空洞的韵集
讲述得更多。
陈腐的自然主义。
现实主义
像石膏一样有气味。
在阳台上
我看着绿色的
田野。

田野上的云
是灰的
像十一月的
墓地。

诗

我坐下然后写。
我的窗前
金色的水果。
一切都是诗。
在我的窗上
没有白色的窗帘。

这隔栅上的红色的叶子
也是：诗。
花猫
看着我。
她的眼睛：相机暗箱。
绿色的秘密。

我想象着你,你
如白天鹅一样
从红色的水上离开。

否定者

黑色雨伞。
秋天的水果
是金色的,甜甜的。
股票市场。
送信者。

傍晚的太阳
如用金线编织
的裹尸布。
哦,你不是在红色的海面上
的天鹅,
你是女人;你在哪,
来让我倚在
你的大腿上
然后沦陷。

为什么要来

星星？——

嘿，天文学家！

构　成

愤怒的秋天来到。
星星是愤世嫉俗的。
一，二，三，四，五，
每个被诅咒的，
我们所有人，
一，二，三。
白色的栅栏，
影子仙女。
你收起
露水的帘。

我的思绪
比星星还闪耀。
我没有目的地走
而你的狗冲我
吠叫。

构成：MAS[①]

花在半夜
死去。
花死了。

爱人把头倚在
我身上。
在半夜，
在半夜。
花芬芳，
芬芳。
但是
不是你。

[①] 即意大利语"Motoscafo d'assalto"的缩写，意为鱼雷船。

构成：MAS

我们的猫
有绿色的眼睛
像孔雀石，
明亮的眼睛
像冬天的
夜晚洁净的天空。

嘿呀。嘿呀！
我的爱人
有绿色的像母蜥蜴的
腰带
和金色的头发
绿色的眼睛
细瘦的身材。

哈，我把她
揽进怀里。

构成：N

白鸽飞过
早晨蔚蓝的海。
谁胜利，谁就腐烂。
蓝色的露水水晶
落在燃烧的心上。
嘿，谁摇晃着船，
以至于黄色的帆晃动？
你带着你的小脚上船了吗？
这是我们的荣幸。
海窸窣低语，
在你从海岸
登上白色的航船时。
穿过直布罗陀海峡到美洲。
抬起锚来！

你的声音如此温柔

你的声音如此温柔。
你美丽如
绿色的栗子树下
微笑着的圣母。

为什么太阳
照耀在你的脸上,
而我看到它?
我不应该看着它,
我应该感受它。

太阳照在
绿色的栗子树下。
叶子落入我的灵魂,
有美好的梦的叶子。

告诉我,为什么

在我面前

揭开你美丽的面纱?

明亮的钢琴和弦

明亮的钢琴和弦。
在绿色的半夜
月光在安静的湖上。

所有都安静。你也是。
我们像两张脸,
从远处互相看着。
穿过灵魂中的绿色的风景。

我们相爱吗?
还是我们只是,
从相同区域穿过的星星?

构　成

你安稳地入眠。
你白色的额头
就像月光。

我被驱逐
从人们中,从家里,
我唯一的陪伴:
痛苦。

但是我朝着
看不见的星星的光走着。
你安稳地入眠。
我痛苦,
痛苦,困难。
但是我亲吻了
我的十字架。

构成 3

当秋天的风吹拂
(心哭了几次)
伤心来了,安静而美好。
维达①,你的双眼在阴影中。

风是凉的,心打开,
然后哭泣。
云的影子藏起痛苦。
灼烧的伤痛现在还好。
(郁金香还开着吗?)
啊,墓地上的菊花。
而钢琴全部被悲痛所覆盖。
花园很暗。
只有你的脸像百合一样白,

---

① 斯洛文尼亚女性名字。

玛利亚姆。

百合的白色来自年轻人的梦。

宽恕所有的

秋天的帷幕

降于一切之上。

我遇到了她

在秋天的星星下我遇到了她。
叶子落下,
风在公园之上
聚合起它冰冷的帘幕。

我只看到了她的外套。
在梦里我看到了她的脸。
她的脸银色地白色地闪耀
黑色的眼睛半闭……

在春天的星星下我遇到了她。
花落下
喷泉潺潺……
风用它的帘幕
在我们之上缱绻。

当我醒来,我惊讶地发现
她不在了。
她和星星安静地来,
和它们离开走入日光。

构　成

心中太少波澜
而太多孤独。
我们看着对方诉说所有，
灵魂想要的所有。
哦她美丽的眼睛！
所有女人的魅力在于她的
难以接近，而她将其披于身上
就像有一幕神秘的纱帘。
当酒精在我的脑中沸腾
心会像盛开的钟形花朵一样打开，
我在我的梦面前
轻轻摇晃帘幕。
没有酒馆老板的钞票。
意志的不正常。

樱桃树沙沙作响

丝绸领子

在白皙的手臂上窸窸窣窣。

樱桃树沙沙作响

闪耀的火车。

黑色的云

在银色的月亮上。

哦,这是她明亮的眼睛,

凝视在

黑暗的田野上。

樱桃树和她。

夜

不对称。

亲爱的,再见!

我的远大希望

城市上空的

月亮离开了。

我

独自在白色的海滩。

桅杆摇曳在

银色的清晨。

我明天,一星期内,一年内

可能会游离。安静。

我的梦在摇晃

好像因月光

而醉。

希望,

我的远大希望!

深夜

如一片大海的寂静。

全世界就像

灰色的世界
是蓝色和绿色的。①

  全世界就像
  浸没在蓝色里,
  全世界是
  蓝色和绿色的。

  我是微笑着的光
  照亮新生活。
  我不认识老的
  和年轻的,
  全都在我体内。
  老的和年轻的,

---

① 此处原文为德文。

都在我体内
有着一张面孔。
(自从安静的春天
在蓝色的光芒中。)
活着,活着!

苦涩地真实而无一丝安慰

苦涩地真实

而无一丝安慰

是关于生活的思考。

当燧石很坚硬时,

就用牙齿雕刻。

这是对生活的意志。

如果你病了,憎恨和复仇吧。

如果你还拍敌人,

睁开眼睛吧!

另外

你,走了

这条路,

承上帝鸿恩,

你是不被允许的。

哈哈。

该死,有人会说

该死,有人会说
已经点了四分之一葡萄酒。
艺术的心
在下午四点不是死了吗?
空铃响,这些是
我知道的空洞的诗。

只有一点对我来说很珍贵,
安魂曲,还没有人开始的
安魂曲。

曾几何时,我
生活在毒药和憎恨,鄙视和嘲笑中,
而我唯一的遗憾
是安慰。
啊,但是我给了这些傻瓜

一个微笑。

你们和你们的圆脸,

但是:我活着。

节 日

天空中悬挂着
春天的碎布,
在它之上是飒飒的
丝布。——

所有受煎熬的心!
哦幸福,哦幸福!

在泥泞的院子
冷风
张开它柔软的手掌。
还有太阳的光。

春天的日子,
不再回。

红色田野上天空的帘幕
在丝绸般的风中拂动，
漆黑的眼睛在冰冷的房间中
看向这漂亮的天空。——

噢——他不再回来了。

死　人

他，在星星中，
在夹住的银色的蛛网中，
摇晃得好像在风中
穿过黑暗，
他，被星星灼烧在额头
星星，星星，照耀到心里，
他，孕育于白色的树上，
——
离开了。

再来一点太阳，再来一点风，
再来一点可爱的温暖的微笑，
再来一个好的善意的词语，
在你离开我们之前。
——
他的脸带血。

他离开了。

像为了星星和树。

星星烧在他的额头。

他离开

去了星星和树的国度,

心之风暴的国度。

神秘极点

哦,我知道,
我的灵魂的安静
会从夜晚的灯光中
醒来。
——哦可怜的安静!——
极点闪耀
从浓重的天空蓝,
从深远的距离
银色的光
传到心里。

——哦我身上的光!——

我知道,它带着尖叫的风
又充满了活力——
它哭泣

然后我的痛苦唱着歌
　伴着无形极点
　　的光亮。

哦，我知道。
因为只有这个
　是给我的，
　就是在屋顶
　疲惫的一天
　灵魂平静下来
　从多风的恐怖的
　　天空，
　到自由中去。
– – –
飞快的鱼雷艇
　像球一样，
被启动进入黑夜，
我的灵魂逃离。
而在它之上的船员，
　穿着白色外套，
　在它之上的船员，
　　向永恒开火。

红色火箭

我是红色的火箭,点燃
燃烧然后熄灭。
哦,我穿着红色!
哦,我有红色的心!
哦,我有红色的血!
我不知疲倦地飞,正如
我一定要和自己竞争。
我飞得越多,燃烧得就越多。
我燃烧得越多,我的痛苦就越多,
我的痛苦越多,我熄灭的就越快。
哦我,想要永远生存。而
我,红色的人,穿过绿色的田野,
在我之上在静谧的蓝色湖水旁
是铁云,哦,我走了,
我,红色的人,走了!
到处都安静:田野上,天空上,

云朵里，只有我在飞离，在燃烧
在用我自己的火灼烧
但不能抵达安宁。

长路漫漫

长路漫漫,
于**我**是什么和我是什么之间,
它**是**什么和它是什么之间。—
哦,我的路多奇怪啊。—
我是一天三顿饭
的身份证明;
它的拷贝由红色的字,红色的线
编织起来,
好像星星烧烤着它们。

但是我的**笑**是明亮的。
是苦涩的,我的笑苦涩。
这群星真奇怪。

歌唱的弧光灯

夜起来了。
（开着的窗。）
时间经过窗户，
神秘的声音
在灯光中燃烧，
好像空洞的时代
存活着。——
在光圈中
没有人在走。

人行道是空的。
房子，
只有晚上的房子是安静的。

黑色的气流

没有什么是永恒的。
没有。
没有。
太阳散发出
它的光芒,
离开翻过山丘。
星星曾经是星星。
不会回来了。

你的房子
在黑暗中开着。
走在楼梯上,
在黑暗中
我什么都看不到。——
有人在哭?

三　时

人们不知道

他们为什么活着，

如果知道，

那就是谎言……

我感受到冰冷的吻，

我沉入

水底。—

我现在知道

什么是尖锐—时间，

什么是我们的水。—

你有目标吗？

你也不知道它是不是谎言。

在黑暗中怎么了!

在黑暗中怎么了,
在孤独中怎么了!
在痛苦和伤心的思绪中
怎么了。
对面倾斜的屋顶
渐渐变暗
街上的脚步声
渐渐变重。
在黑暗中怎么了,
在孤独中怎么了!

咖啡屋

黄色的灯
倾泻在灰暗中。

眼睛
盯着穿过过大的窗户。
烟雾似轻柔的卷帘
在房间跳舞。

低语从倦怠的口中传来
从象棋旁的背景传来，
这吓了我一跳，
我还活着。

窗边的脸

我爱你,灰色的脸,在灰色的
咖啡馆窗边——伴着期待的
脸。——
在破损长矛、船、桅杆的
时代——在心中有一把
箭弩——眼神中灰色的无望,
你肯定知道:它会从天上
像灯光的瀑布
溅到我们身上。

我们能够看到
绿色海洋的震动
能够看到可怕的漩涡,
桅杆上的水手
毫无惧色。

囚　徒

一

我们在灰色的早晨
静静地醒来。
高之于房屋之岸，
深之于街床
它像硫磺一般在灰色中灼烧

眼睛睁了整夜，
目光穿过绝望的围墙
落在美丽的梦中。
我们现在静静地
和无形的治安官走，
眼中的找寻灼烧着。

二

整夜——终日——
在黑暗中卷起
帘幕,
我们走,我们走。

在房屋间……
在裸露的伤口上
街上的灰,
硫磺在每滴水中……

我们为什么徘徊?
心会问到。
但是脚步知道:
灰色之后有灯亮着。

三

街边的黑色白杨
像寡妇,包裹在黑色中——

她们的枯瘦的胳膊
黄色的
像被丢弃的枝条。

我们去的地方，
像走在线上，
像囚犯……
在无形的治安官之中。

我们去然后死，
但是不得不去，
被侮辱，被杀戮，
而且确定的是我们有
许多敌人。

四

我们的勇气是要煎熬，
要度过黑暗，
带着新动力活着，
带着新的光。

路。
谁会因它而绝望。
知道的人—用新的光
来点亮它。
好似毕加索的像、
有新面颊的书,
秘密法令是我们之中
新的真相。

被打磨的韵

我是一个圆上
破损的弧。
我是一个雕塑上
破损的人形。
还是一个人沉默的
观点。
我是力量,
被打磨的力量。

就像我走在
尖头上,
你安静的存在
对我来说总是难以忍受。

并不是春风

并不是春风,
也不是轻柔的栗子树
可以再抚慰
你的痛苦。

只是孤独。
只是孤独。

你听到蝴蝶了吗?
这是带着白色翅膀的蝴蝶,
它们的翅膀
在黄昏中渐渐变蓝。

我爱你,没有目标的人!

金色的窗户

一

在黑色森林上方
寒冷的一天结束了。
白雪皑皑的田野中
有我站着……

孤独的城堡浸没在
寒冷的黄昏中,
金色的窗户关上
一扇接着一扇
流着血……

远处很安静,
我躯体上的
伤口好似在发光,

伤口灼烧。——
我无言地站着。

二

我无言地站着,
我,受伤的人。
金色的火焰熄灭
消失到黑暗中。

我盯漫无边际地注视,
我所有的思想 —— 只有个伤口,
我所有的生活 —— 只有个伤口,
我挣扎,我多想去远方啊。
如何?

三

封藏的寒冷。
我走在街边,
但是在灵魂里带着欢乐。

哦怎么办,如果
城堡的金色窗户关上了,
哦怎么办,如果黎明陷入了
森林的黑暗中!

这金色窗户的
沉寂的光亮。
(哦,我自己想了想,
是谁点亮了它。)

四

我可能在欧洲
或者澳大利亚
或者任何地方。

我的街道就像
在宇宙黑暗中
燃烧的绸带。

我像是一朵云,
一朵云,一朵自己

带着傍晚的金色的云。

独自在田野中,
在白雪皑皑的田野中,
在黑色森林中
我感受到了:所有皆痛苦。——
看啊,我不再是
一个人了。

朦胧庙宇前的祈祷者

有些灵魂
像面具一样被遮盖起来,
哦被遮得多漂亮!
当我寻找她的时候,
哦,被遮得多漂亮!

但是眼睛
还是吻了你——
最美丽的脸——
而我徒劳地为你寻找
相似的词语。

什么是伤心?
我只知道一个,
只有一个:
快乐。

半夜之前
红色的钟响起
而我死了。
所有的快乐
都死了。

苦修,

苦修,

苦修。

忏悔节前夜。

苦修钟

在雨中落下
而且敲打在心上,
心如在熔炉中的
蓝色的铁的
落下,敲打
在闭合的心里。

面具歌唱
隐藏的是恐惧
散落的 ——
是他们放荡的狂欢
在蓝色的闪电
在半夜的恐惧面前。
到了半夜
揭露时刻到来
他们就只是面具,
面具,面具。

面具的泪

我们说着打包好的,
隐藏起来的。
痛苦的。
词语弯曲
就像谎言之蛇,
坠落
堕入绝望的夜里。
夜。
夜。
面具。
痛苦的面具。
我们
永远不揭开。

现代的萎靡

可怜地，可怜地，可怜地。
政治会扼杀，真相会扼杀，
思想会扼杀，信仰会扼杀，
所有都扼杀，扼杀，
人。

只有斗争是力量，只有斗争，
为了新的信仰的斗争。
为了新的太阳的信仰，
而太阳照耀进人们的心里，
他们的双眼很美好，
他们的脚步很愉快。

我们的梦是
蔚蓝大海之上的白云。
世界上唯一还美好的

是太阳。
唯一还伟大的:
是太阳——人。

街　灯

人啊，你会想做什么，如果做人
很难的话？当一个
街灯，静静地把自己的光芒
照到人身上。
就这样吧，就像他本身那样，因为，他本身就那样，
他总是带着人脸。
对他好点，对这个人，
像街灯一样公正，
街灯安静地照在喝醉的人的脸上
还有街上孤独的
流浪汉和学生。

如果做不了人的话，
做街灯吧；
因为做人太难了。
人只有两只手，

却要帮助上千人。
做金色的街灯，
将幸福照耀在千万人脸上，
照耀孤独，彷徨。
那么做只有一个灯的街灯，
做神奇方形里的人，①
用绿色胳膊给出示意。
要做街灯，街灯，
街灯。

---

① 指达·芬奇《维特鲁威人》。

呼　叫

为什么你要死在

白色的楼梯上？

人跪在

黑色的柱子旁。

这是你被羞辱的兄弟。

在塔上有红色的旗

像火焰一样。

灯塔是给水手的

讯号。

而你——死——死

在白色的楼梯上？

耶稣死了，

我的兄弟；

没人再爱你了，

没有人哀悼，

因为你被羞辱了。

为什么你要死在
白色的楼梯上？

这白色的楼梯带着血迹，
兄弟——哦，不要踩上去。
无论谁和我们走，兄弟，
必须要没有幻觉没有梦。

他们走然后
死在世上的屋宇浸入白光之前，
带着苦涩的心
死在光明的庙宇面前。

我们走啊走，走过痛苦。
再见了，亲爱的，你明亮的微笑，
我们走在有血色星星的国家中。
小城市。暮光。电车。

疲惫的

疲惫地
我们坠入疲惫的夜,
渐灭;
      在我们的血管中没有更多血了,
      好像心已经空了一样,
      静静地盯着浑浊的眼。
我们像病人一样睡觉,
在额头上
戴着白色的绷带
他带着十字架看着我们。
我们祈祷:
"我们的神父……
是被保佑的。"

      我们疲惫地坠入
      金色的夜的深渊,

灵魂对被偷走的梦

保持缄默,

好似我们都死了一样。

来自监狱的声音

看,来自监狱的梦的火焰发出光芒,
它们和星星一同呓语。
(小狱典在梦中战栗。)
你是什么,小狱典?

我们的梦的白色的根
和时代一同跳舞,
永恒
从它们中取饮。

有银色边际的椭圆
通向了春分的日子。

———————

等一下,兄弟!
你难道不想
为了新的建设

献出你的身体,

为了新的教堂

献出你的生命,

为了未来圣坛

被闪耀的深红太阳遮蔽的圣坛,

献出你的肢体和心脏?

我想要和钻石一样,

那样教堂就会闪耀,

我想要和蝴蝶一样,

令祈祷者颤抖

在那一刻的宇宙中。

我们的心疲于生活

我们的心疲于生活
好像我们是尸体,
无法安息的尸体。
好像没有身体的影子
在黑色的拱形影中。
为什么这样安静地流血,
这样缓慢地消亡?
没有什么伟大的在我们身后,
没有能为我们照亮道路的。
为什么这生活没有希望,
犹豫,犹豫
在目标面前,我们无法
接近的目标面前?
我们在灵魂中和死亡同行,
而我们不能死。

老　人

老人，告诉我们，
老人，病态的，悲观的，
走着的老人，
微笑中的，言语中的……

那是谁
让我们知道得太早？
看，这马看上去多伤心！
母亲，母亲，哦母亲！

伤心的画面穿过我们当中
每天，每天
士兵死了，马死了；
我们哭泣；徒劳地。

现在这没有泪水的眼睛可以看到，

词语有如死寂的瀑布……
我们迷途的年轻人,
我们的回忆即坟墓。

离开房间

你,有苦涩之心的人,
现在就离开。
关于她金色头发的梦
在傍晚灯光中游弋。
你现在就离开我们?
啊,这曾经发生过一次。
所有关于私密的秘密的
亲昵的耳语
我关上灯。
我合上门。
我离开走进了寂静的黄昏
而门开始哭泣。

得意的年轻人在夜里唱着歌

被掩盖的梦,我爱你们,
在我宁静悠远的光芒中。
我爱你们,在这神秘的夜里,
躺在欧洲的死寂之上的夜。

啊,我不要再唱安宁的美好,
那会平息一切,我的诗
唤起死亡,唤起烈焰。

被掩盖的梦,你们揭露自己。
当我放置你们的纪念碑,
我为了人们放置,
然后发出光耀的讯号
即我抛至身后的路。
我不被允许和人们一起。

和特鲁巴勒①的对话

你的心是白色的
来自过去,
就像一块石头。——
是白色的,白
如自月光。

震颤的火焰
在安静的夜里
从你的眼中发出的
看,
我们是燃火之处,
古老的墓地,
在我们之中闪耀的
只有混乱。

---

① 特鲁巴勒(1508—1586)是一位斯洛文尼亚新教徒,也是一个出版的斯洛文尼亚书籍的作者(1550)。

来自混沌的诗歌

因为我们生活在混沌之中,
所以我们渴望孤单。

街上的游行
就像聋哑人
胡乱的言语。

我们自己不会听
自己的词语
而这就是我们的绝望之处。
但他能看到
我们的空虚
而他将会拯救我们。

因为我们生活在混沌之中,
所以我们渴望孤单。

秋　天

绿色的花圈
在朋友的墓上结冰。
夜盗。
车间—庙宇。
为什么卢布尔雅那快车要离开？
银色的烟在蓝色的山中
袅袅升起。
艺术是进步的，
文化因素！
寒冷走进我的心里。
飞机开阔了视野，
增强了对世界的意识。
精神唤醒爱。
意识的心理学。
精神，灵魂，理智。
现代抒情诗衰落。

在未来空气里的 2000 米内

再也没有观点了。

————

秋天海上的风暴，

穿过零点

到达红色的混沌。

宇宙的经历。

如果你沿着银色的秋天的路边，

你就能感受宇宙。

黑色的森林。

这个世纪变得机械化。

天空并不是个奥秘，

    而是**空间**。

在阁楼房间饥饿对我来说是陪伴我的伙伴，

 苦涩的生活面包。

 我从白色的阳台呼喊：

    天才 ≡ 灵魂 ＋ 智慧。

 黑暗的，寒冷的秋天的夜。

 秋天的风

 沉醉。

雨中的空气很冷。
克拉斯十一月的
月光之美，神秘月光。

银色月光中

银色月光中
黑色的船划行,
从绿色的港口
船夫起航,
从绿色的沉静的
水晶之心。
从夜半之心。

叶子没有动,
好像还在做梦似的,
孤独地在岸边
绿色地卷曲。

在银色的海上
年轻的船夫
夜夜梦来梦往,

但是

他永远不会回到港口，

永远。

在绿色的印度

在绿色的印度在寂静之中
在弯树映衬下的蓝水之上
住着泰戈尔。

在那里时间有如在被下咒的蓝色光环内,
钟表不显示月份不显示年份,
静静地流淌
好像出自无形的中心
越过树和山,越过庙宇的屋脊。

那里没有人死没有人诀别,
生活好像是永恒的,被困在树丛中……

忧 郁

金色的果实飘香。
茅草覆盖的屋顶
像驼背的老人一样。
但是孤独的是田野上
灰色的墙,
但是更孤独的
是黑色森林。

太阳落下
落在那花园上。
当异域人来时,
伤心的狗吠叫。
然后再去睡觉。

夜晚就像
棺材。
我们躺在里面吧。

小调中的半音程

击打,击打在太阳穴上。
太阳穴。枪管是冷的。
十吨。
在我心中
小调的半音程。
秋天的雨水
滴到我灼热的大脑里。
灰色的天空哭了。
十吨的悲伤。
全都无意义。

万花筒

宏观世界的万花筒
是微观世界。

露珠的闪耀。
双眸的芬芳。
草是绿色的吗？
人是白色的。
运动。音乐。
字母生长到空间中。
声音有如建筑。
风的流动。
宇宙。宇宙。宇宙。
神奇的空间。
闪耀的空间。
灵魂之光
穿过诗歌，

词语的光芒

有如彩虹般的玻璃。

请您不要将死人复活!

自然历史 = 精神科学

地理 = 人的科学

政治 = 智慧的科学

心,心,心。

结构主义观察的是

物体之中的宇宙。

人是带灵魂和躯体的物体。

在三等车厢不舒服?

在车厢里有年轻的女士们。

我们乘于宇宙中。

金色的帘幕后

我踏过字母。

踏过金色的字母。

天使的革命。

嘿。嘿。嘿?

致命的毒药

是安静的,是死亡的,灰色的。
人们
在岩石间
像蝙蝠一样振翅。
因振翅而疲惫。
疲惫,被杀。

他们的心如岩石,
他们不能浇灌他们的树枝,
不能理解希望。
他们的心是风干的。

人们出售家具,
抵押他们的心,
抵押理智
然后在窗边上吊。

自杀,
被吊死的人,
在生活的窗边摇晃着。

快乐的人，活泼的人，相对的人

每个生灵都出生于煎熬之中。

我们皆如此。

这并不糟糕。

我们带着目标奋斗。

快乐的人，

   活泼的人，

      相对的人

我们

从死亡的距离

      看着生活。

每天

我们在**梦想**的白船上

航行进入巨大的**空间**。

妻子的吻像海洋，

她的帆是深色丝质的
春天的夜,
她星光般的额头
照耀出了金光。

不为年轻的逝者所悉的
关于身后的秘密文字。

镜前的自杀

镜前的自杀。
被惊吓的灵魂。
风在黑色的森林里呻吟。
夜晚的风暴从胸部将我的心撕裂。

你是飞翔的荷兰人,我的灵魂。
无休地回到混沌之中,
沉醉着,当风暴呼号时!
街上的警察做他们的工作。

当风暴的兄弟太糟糕了!
当银色太阳的兄弟太糟糕了。
我的精神,一直被践踏和杀害,
并不从黑色的岸边寻求援救。

我穿过森林。树干是黑色的。

两个互相弯向对方地走着。
在我之上是黑色的宇宙深渊。
我弯向它
然后倾听。

素　描

在我的床边
有一把枪。
当我病了
或者半夜
从梦中醒来——
我打开窗户然后向黑夜开枪——
（自然的安静的蓝色波动
温柔地带着星星越过山脉）
因为我紧张：
尸体在我们周围闪烁，
我所有的兄弟们，
我没有眼睛的年轻的兄弟们！

我开火来求助，
因为在我看来，
我周围的所有总是被付之一炬，

他们周围的,我所爱的。——

兄弟给我带来
纯净的水——哦,现在我
看到它们更纯净了。

然后又是夜
和许多汗水。

神圣的和平

一只眼睛在我们之中闪烁,
一只眼睛。
灰色的烟窝在屋顶上
我们的嘴变干燥。

好像我们正死于烟雾,
我们的眼会刺痛。
死亡在脸上,在灵魂里,
与我们何干!

所以对我们来说算什么,他们侵犯我们的
圣坛,
时间还有,
直到我们中间有火势涌入。

在灵魂中好似有炸药

悄悄地开始发热
火,爆炸,尸体,
和我们的血……

强烈的，醉人的

强烈的，醉人的咖啡，服务生，
整杯苦的，整杯毒药，
伤心的灵魂是我的，服务生，
它想要平静，想要平静。

为什么给我拿来咖啡，服务生，
拿来毒药，不要惊讶，
灵魂太脆弱了都无法自我了结，
我想要变得冷漠和疲惫。

为什么给我拿来毒药，服务生，
我想要陷入永远的黑暗中。

————

当他们点亮了他白色的眼睛，
我站起来然后给他丢下了小费。

经过白色的门

我走入白色的门。
经过白色的门。安静地。
我的心准备好了。
»我在这里,审判我,审判!«
»啊,特郎酒好烈,
但是生病的人,虚弱,
想要法令的执行,
但是他的脚步颤抖。«
我走进白色的门。
蝴蝶折起翅膀。
痛苦太强烈了,哦上帝。
有痛苦的犯罪在路上。
我的灵魂不会过问。

―――――――

我走进白色的门。
平静在我心中。

0 摄氏度

冷漠致死。

绿色的生活的瀑布。

每个人生都以死亡为完结。

墓上的十字架。

即使没有十字架。

即使没有人在我的坟墓上

祈祷。

即使每个人都诅咒我。

冰冷的枪管。

冷漠的寂静。

不要怕监狱。

如果你想要幸福,

不要找寻幸福。

因为年老

因为年老他们的胡子掉下来。
(他们什么时候真正有胡子的?)
头发因悔过
开始变成紫色
进步。
肩布。
真的。
真的。
他们安静而顺从地死去。

我们从白色的门
离开
到生活的天堂。
在嘴上
微笑吧。

蓝色的马

蓝色的马走过田野。
月光穿上外套。
你?你在这里?
梦的墓地。
那里安躺着
被火烧的城市。
闪耀的黎明照在他之上。
躺下死去挺好的。

HP 75。

虚无忧伤

死亡之眠的蓝色的马
踏行穿过雾霭。
睁开的死亡的眼睛
照进温暖的病态的烛光。

穿过无法唤醒的
被杀的暴风的最强层帘
无法燃烧的火焰照耀着
正在陷落的圣坛。

虚无忧伤
将怠惰加诸黑色的凝视。
在坟墓里年轻的逝者入眠
并陷入永远的失忆。

死　人

坠落！
坠落！
坠落，死人！
那些白玫瑰长在你的心里？
还是你用你甜蜜的红色鲜血
染红了它们？

坠落，坠落，坠落！
你没有玫瑰。
机械的奴隶。来传送的。
革命的观念渐渐熄灭。
坠落，坠落，坠落！
灰色的石头。藏起来，月光！
死寂的风景。

秋天的风景

太阳逝于秋天，
如此，好像在哀痛；
在瘦削的柏树后
在墓地的白墙后。——

草在太阳下全都是红的。——
你有教条主义的木底鞋？
自行车独自在秋天的街道。
你骑过正在死去的风景。

清醒的人踏上田野，
他像秋天一样冷，
像秋天一样伤心。
对人道主义的信念。
对于我这是神圣的想法。

安静的平和好似伤心。

我不再伤心，

因为我不再想着自己了。

哦教条主义者

哦教条主义者,

哦教条

哦奇怪,太奇怪的批评者,

哦你们是没有无色的理智的孩子!

但是我在心中

流血

而不知道,什么是

在灰色的街道中

在空虚痛苦的心中,

在你说出你的词语之前,

活着然后死去。

敞开的

我的心对永远敞开:
从混沌到宇宙。

在黑暗的城市后面
火焰闪烁,
人群
向宁静的黑暗移动着。
在宁静的黑暗中。——

哦我们现在走!
我们现在
从战争走到**死亡**,
从战争走到**死亡**,
然后寂静的愤怒蔓延
随后我们消亡。——

我,你和所有人。

哦苦涩的疲惫

哦苦涩的疲惫，
灰色的，苦涩的疲惫！

在我之上
成千
上百万
好像灰色的雾衣。

哦黑色的星星
在闪耀的天空上！

在黑色的窗上
在地窖中，
和在监狱中。

哦灰色的，苦涩的疲惫！

当太阳将照

出金色的光

所有都将震颤时

时间走近了,

时间走进

复兴,

但不是为了我们……

死　亡

一

我们走向
宇宙。

到处都是宇宙：
在每个灵魂里，
在每个心里。

当死亡吻别
我们所有的忧伤
时间在心中停滞，
我们撤退到
巨大的空间中。

我们的脸明亮起来。

二

窸窸窣窣的秋天
好像冰凉的蓝色丝绸。
蓝色中的金色
澄澈，
像被眼泪洗过一样。

所有被埋没的
在心底的某处。

当揭开
哀痛的帘幕，
田野上的风开始吹拂。

冷天轻轻降临。

伤心的时间

旧世界死在了我心里。
伤心的时间来了。
新的奥秘
在金色的光芒中来了。
人的奥秘。
来自心中神奇的火焰照着他。
他的眼睛像夜里的
镭一样发出光芒。
死亡是对生活的退避。
死亡是快乐。

坠落吧!

我作为人的尊严
被羞辱一千次,被羞辱一千次。
人被否认的使命。
农工的谄媚者。
没有吸收很多太阳与快乐。
在他年轻的额头上
有苦涩的折磨的印记。
他想要死,病人轻微的宽慰。
年轻人被限在
可怕的病床上。

自己饱受残酷折磨的烈士
康复了!
你的灵魂永远安宁!